## Collection MONSIEUR

1 MONSIEUR CHATOUILLE
2 MONSIEUR RAPIDE
3 MONSIEUR FARCEUR
4 MONSIEUR GLOUTON
5 MONSIEUR RIGOLO
6 MONSIEUR COSTAUD
7 MONSIEUR GROGNON
8 MONSIEUR CURIEUX
9 MONSIEUR NIGAUD
10 MONSIEUR RÊVE
11 MONSIEUR BAGARREUR
12 MONSIEUR INQUIET
13 MONSIEUR NON
14 MONSIEUR HEUREUX
15 MONSIEUR INCROYABLE
16 MONSIEUR À L'ENVERS
17 MONSIEUR PARFAIT
18 MONSIEUR MÉLI-MÉLO
19 MONSIEUR BRUIT
20 MONSIEUR SILENCE
21 MONSIEUR AVARE
22 MONSIEUR SALE
23 MONSIEUR PRESSÉ
24 MONSIEUR TATILLON
25 MONSIEUR MAIGRE
26 MONSIEUR MALIN
27 MONSIEUR MALPOLI
28 MONSIEUR ENDORMI
29 MONSIEUR GRINCHEUX
30 MONSIEUR PEUREUX
31 MONSIEUR ÉTONNANT
32 MONSIEUR FARFELU
33 MONSIEUR MALCHANCE
34 MONSIEUR LENT
35 MONSIEUR NEIGE
36 MONSIEUR BIZARRE
37 MONSIEUR MALADROIT
38 MONSIEUR JOYEUX
39 MONSIEUR ÉTOURDI
40 MONSIEUR PETIT
41 MONSIEUR BING
42 MONSIEUR BAVARD
43 MONSIEUR GRAND
44 MONSIEUR COURAGEUX
45 MONSIEUR ATCHOUM
46 MONSIEUR GENTIL
47 MONSIEUR MAL ÉLEVÉ
48 MONSIEUR GÉNIAL

# Monsieur INQUIET

Roger Hargreaves

HACHETTE
Jeunesse

Pauvre monsieur Inquiet !

Il était continuellement, perpétuellement inquiet.

Quand il pleuvait, monsieur Inquiet se demandait
s'il n'y avait pas de fuites dans le toit de sa maison.

Quand il ne pleuvait pas, monsieur Inquiet
se demandait si les fleurs n'allaient pas se faner.

Quand il partait faire ses commissions,
il se demandait si ce n'était pas l'heure de fermeture
des magasins.

Quand il trouvait les magasins ouverts,
il se demandait s'il aurait assez d'argent
pour payer ses achats.

Quand il rentrait chez lui,
il se demandait s'il n'avait pas oublié quelque chose.

Ou s'il n'avait pas perdu quelque chose en chemin.

Quand il avait vérifié qu'il n'avait rien oublié
et qu'il n'avait rien perdu,
il se demandait s'il n'avait pas acheté trop de choses.

Et puis il se demandait
où il allait ranger toutes ses provisions.

Il n'en finissait pas de s'inquiéter.

Pauvre monsieur Inquiet!

Un beau matin, il partit en promenade.

Il était inquiet.
S'il allait trop loin, il serait trop fatigué
pour rentrer chez lui.

Mais s'il n'allait pas assez loin,
il n'aurait pas pris assez d'exercice
et ça, c'est très mauvais pour la santé.

Il s'inquiétait ainsi,
quand il rencontra monsieur Malchance.

– J'étais inquiet pour vous, dit-il.

– Et pourquoi donc ? demanda monsieur Malchance.

– Je me demandais si vous n'alliez pas vous faire mal un de ces jours, répondit-il.

– Ne vous inquiétez pas pour ça, dit monsieur Malchance.

Et il s'en alla.

En trébuchant à chaque pas.

Monsieur Inquiet continua sa promenade.

Il rencontra monsieur Bruit.

– J'étais inquiet pour vous, dit-il.

– Et pourquoi donc ? demanda monsieur Bruit.

– Je me demandais si vous n'alliez pas devenir muet, répondit monsieur Inquiet.

– Ne vous inquiétez pas pour ça, dit monsieur Bruit.

Et il s'en alla.
En tapant des pieds.
Poum ! Poum ! Poum !

Monsieur Inquiet continua sa promenade.

Il rencontra monsieur Glouton.

– J'étais inquiet pour vous, dit-il.

– Et pourquoi donc ? demanda monsieur Glouton.

– Je me demandais si vous ne mangiez pas un peu trop. Vous pourriez vous rendre malade, dit monsieur Inquiet.

– Moi, manger trop ? répliqua monsieur Glouton. C'est impossible !

Et il s'en alla.

Préparer son repas.

Monsieur Inquiet continua sa promenade.

Il rencontra un magicien.

– Bonjour, dit le magicien. Qui êtes-vous ?

– Je suis monsieur Inquiet.

– Vous m'en avez tout l'air, murmura le magicien.

C'était un gentil magicien,
toujours prêt à rendre service.

– Écoutez, monsieur Inquiet, dit-il.
Vous allez rentrer chez vous,
prendre un papier et un crayon, et faire la liste
de toutes les choses qui vous inquiètent.
Je vous promets que ces choses-là
n'arriveront plus jamais.

Comme ça, vous n'aurez pas besoin
de vous inquiéter, ajouta le magicien.

Monsieur Inquiet se mit à sourire.

C'était la première fois qu'il souriait depuis longtemps.
La première fois depuis des années.

Il rentra chez lui en sautillant de joie.

Monsieur Inquiet écrivit sur un papier toutes les choses qui l'inquiétaient. Toutes. Sans en oublier une.

La liste était longue.

Ce soir-là, monsieur Inquiet s'endormit paisiblement.

Il dormit profondément.
C'était la première fois qu'il dormait
aussi profondément depuis des années.

Le lendemain matin, le magicien vint chercher la liste chez monsieur Inquiet.

– Bigre ! Quelle longue liste ! s'écria-t-il.
Donnez-la-moi. Je vous promets
qu'aucune de ces choses n'arrivera plus jamais.

Et il s'en alla avec la liste.

Monsieur Inquiet poussa un soupir de soulagement.

Ce jour-là, pour la première fois de sa vie,
monsieur Inquiet n'eut aucune inquiétude.

Ni le lendemain.

Ni le surlendemain.

Ni le lendemain du surlendemain.

Lundi, mardi, mercredi, jeudi, vendredi,
samedi et dimanche,
monsieur Inquiet n'eut absolument aucune inquiétude.

Mais...

Le lundi matin, il se réveilla fort inquiet.

Aïe, aïe, aïe !

Tu sais pourquoi il s'inquiétait ?

Tu ne devines pas ?

Il alla voir le magicien.

– Qu'est-ce qui vous arrive ? demanda le magicien.

– Je vais vous le dire, répondit monsieur Inquiet.

Je ne trouve plus aucune raison de m'inquiéter, et...

ça m'inquiète !

RÉUNIS VITE LA COLLECTION ENTIÈRE
DE **MONSIEUR MADAME**,
**UNE FRISE-SURPRISE APPARAÎTRA !**

Traduction : Jeanne Bouniort
Révision : Évelyne Lallemand
Dépôt légal n° 91341 - Octobre 2007
22.33.4557-05/9 - ISBN : 978-2-01-224557-0
Loi n° 49-956 du 16 juillet 1949 sur les publications destinées à la jeunesse.
Imprimé et relié en France par I.M.E.